KB018491

글나무 시선 17

분단詩 바위詩

글나무 시선 17

분단詩 바위詩

저 자 | 김춘만
발행자 | 오혜정
펴낸곳 | 글나무
주 소 | 서울시 은평구 진관2로 12, 912호(메이플가운티2차)
전 화 | 02)2272-6006
e-mail | wordtree@hanmail.net
등 록 | 1988년 9월 9일(제301-1988-095)

2024년 9월 15일 초판 인쇄 · 발행

ISBN 979-11-93913-10-9 03810

값 10,000원

ⓒ 2024, 김춘만

저자와 협의하여 인지를 생략합니다.
이 책의 내용을 재사용하려면 저작권자와 출판사 글나무의 허락을 받아야 합니다.

이 책은 **강원**특별자치도, 강원문화재단 후원으로 발간되었습니다.

분단詩 바위詩

김춘만 시집

차례

1장
분단詩

김춘만 제4시집

분단詩 바위詩

2장
바위詩

차
례

1장

분단詩

분단의 땅에서 쓴 실향의 시

그렇게 불러 보고 싶은 말들이었다. 고향 동네, 보고 싶은 어머니, 소꿉친구, 그리운 가족. 그러나 그렇게 불러보고 싶었던 말들을 가슴 속에 응어리로 담은 채 끝내 소리 내어 불러 보지 못하고 그들은 떠났다.

분단의 땅 고성에서 태어나서 이곳에서 자란 나의 눈에는 실향민으로 평생을 살아가던 이웃들의 모습이 아프게 다가왔다. 그렇게 가슴에 한을 묻고 살아가는 사람들이 지천인데도 세월은 멀쩡하게 흘러가고 그분들 고향을 지척에 두고 한 분 두 분 돌아가시는 것을 볼 때마다 큰 죄를 짓고 살아가는 듯했다.

이 분단의 현실을 내가 어찌해 볼 수는 없겠지만 그렇게 소리 없이 잠들어 가는 분들의 삶의 모습을 기록해 나가는 것은 이 땅에서 문학을 하는 나의 몫이라 생각되었다.

실향민들의 공동묘지에서 쓴 시가 「장지에서」였다. 겨울이었고, 금방이라도 눈이 내릴 것 같은 어두운 하늘이 무겁게 내려앉아 있었다. 운구하는 사람들, 뒤따르는 조문객들 모두 말이 없었다. 함께 월남하여 죽도록 고생만 하다가 이제 홀로된 미망인과 이 땅에서 홀로 살아가야 할 한 점 흔적인 어린 딸을 남겨두고 그는 떠났다.

산등성이로 천천히 오르는 장례행렬에 젊은 사람들이 보이지 않았다. 모두가 한창때 월남하여서 한 많은 시절을 보내고 이제는 얼굴에 깊은 주름살을 담은 나이 지긋한 피난민 1세대들뿐, 힘깨나 쓸 젊은 사람들이 없는 장례행렬이었다.

장지는 꽤 높은 등성이에 마련되어 있었다. 가는 데는 순서가 없다고 했던가. 양지바르고 가까운 곳부터 채워지더니 이제는 가파른 언덕을 올라가야 터를 잡을 수 있었다. 함께 한 조문객들은 모두가 친형제간 같던 고향 사람들. 한때는 서러워 소리치며 울기도 했으나, 이제는 눈물도 말랐는지 아니면 체념인지 묵묵히 실향의 '한'을 묻고 있었다.

실향민들에게 명절은 즐거운 날이 아니다. 찾아갈 고향이 있고, 그 고향에서 만날 사람 만날 수 있어야 명절이지, 갈 곳도 올 사람도 없는 실향민들에게 명절이란 무슨 의미가 있겠는가. 그래서 실향민들은 명절날이면 외로웠다. 고향에 대한 그리움이 몇 배나 더 무겁게 다가와 취하지 않을 수 없었다. 평소에도 취했고, 명절에는 더욱 취했다. 고향이 그리울수록 할 수 있는 일이란 술을 마시는 일뿐이었다.

그렇게 몇 해를 버티시다가 한 분 두 분 세상을 뜨셨다. 그토록 가고 싶던 고향을 갔을 것이다.

　월남한 사람들이 어디 한둘인가? 잘사는 실향민도 많고 많은데 이 땅에 정 붙이지 못하고 살던 박 할아버지를 남편으로 모시고 사신 당신은 얼마나 힘들었던가. 다복한 가정에서 험한 일 하지 않고 살던 어마이는 갓 서른 나이에 남편 따라 월남하여 고생이란 고생을 다 하며 살았다. 미역 장사를 하다가 사기를 당해 다 날리고 배 타고 고기 잡다가 풍랑에 반 불구 되어 돌아온 남편 대신 막일도 마다하지 않고 살아왔다. 박 할아버지 떠나고 혼자 남은 할머니, 그 할머니만이라도 귀향할 수 있었기를 기도했다. 실향민 한 분 한 분이 돌아가시는 아쉬움을 어찌하겠는가? 한세상 살다가 늙고 병들어 떠나는 순리를 어찌 벗어날 수 있으랴. 그럴더라도 가보고 싶은 고향, 만나고 싶은 가족을 만나지 못하고 떠나는 분들을 위해 나라에서는 기록해 두어야 하지 않을까? 실향민 누구누구는 고향이 어디이며, 어디에서 실향민으로 갖은 고생을 하다가 언제 세상을 떠났다고. 기록으로 남겨야 한다는 것은 잊지 않겠다는 다짐이다. 함께 사는 우리 모두 이 책임을 어떻게 면할 수 있겠는가.

　처가는 월남 가족이다. 장인은 성진, 장모는 단천 분이신데, 북에 부모 형제를 두고 두 분만이 1·4후퇴 때 월남하셨다. 뿐인가, 북에는 일곱 살짜리 아들을 두고 오셨다는데 그 사연은 듣는 것만으로도 가슴이 찢어지는 듯했다. 분단의 아픔, 실향민의 애환을 시로 쓰게 된 것도 그분들의 삶을 지켜보면서 영향을 받은 것 같다.

거제를 거쳐 부산, 속초를 거쳐 다시 고성에 자리 잡기까지 대게의 실향민들이 겪는 아픔을 겪으셨다. 장인은 천도교에 적을 두셨는데 교회 활동을 하시면서 그곳에서 고향 분들과 함께하는 시간이 많으셨다. 건강하시던 장인께서 갑자기 돌아가셨다. 고향 분네 결혼식에 다녀오셨고, 저녁 잡수시다가 돌아가셨으니 참으로 청천벽력이었다.

언제나 고향 갈 준비를 하셨고, 방북 신청 때는 북쪽 가족을 염려하여 월남하여 바꾸신 이름으로 신청하시기도 했다.

장인이 갑자기 돌아가신 뒤 장모께서는 더욱 외로움을 느끼셨다. 눈가가 항상 젖어 사셨는데 결국 장인께서 고향에 못 가보고 돌아가신 게 그렇게 억울했던가 보다. 더도 말고 고향이나 한번 밟아보자는데 '적십자회담'이니 '방북신청'이니 실낱같은 희망에 매달리게 하다가 참으로 많은 분이 세상을 뜨셨다. 누구의 책임이오? 하면 손들고 나올 사람은 아무도 없다. 한 발짝 나가는가 싶으면 다시 두어 발짝 물러나고, 잠잠하다가 다시 거론되곤 하던 이 이야기 끝은 참 멀기도 하다.

아직도 이야기는 길고 길게 이어지는데 마음 바쁘신 분들부터 고욤나무에서 고욤 빠지듯 힘없이 세상을 떠나시더니 이제는 거의 모든 분이 떠나셨다. 이런 세상은 분명 좋은 세상은 아닐 것이다.

남북의 이산가족 문제는 정치적인 흥정의 대상이 되어서는 안 된다고, 인도적인 차원에서 접근되어야 한다고 입 가진 사람이면 누구나 얘기들 하지만 안타깝게도 방법이 없다.

그런데도 이산가족들의 측면에서 보면 제2, 제3의 고통을 주는 방법만이 반복되고 있다. 운 좋게 만난 가족들도 다시는 앞날의 만남을 기약할 수 없다. 무엇 때문에 누구 때문에 이 지긋지긋한 고통을 받아야 하는지 참으로 억울한 삶을 살고 있다. 온 세상을 다 갈 수 있어도 갈 수 없는 고향, 온 세상 사람들 다 만날 수 있어도 만날 수 없는 부모 형제, 이런 세상을 사시던 장모님의 눈가에 맺힌 것은 눈물이 아니었다. 그것은 일곱 살 아들이었고, 눈에 선한 부모님이었고, 꿈에도 못 잊는 고향이었다. 그리고 그것은 이산의 죄였다.

연로해지면서 장모님은 딸들 집으로 다니셨다. 서울에 사는 큰 딸네 집에 머무시다가 갑갑하다 싶으면 속초 딸네 집으로 오셨다. 항상 몸을 단정히 하시고, 나이가 드셔도 주변 사람을 불편하게 하는 일은 않으셨다. 천성적으로 소식과 절제가 몸에 배었다. 늘 이웃을 생각하셨고 나눔을 실천했다. 그런 장모님을 바라보면 깨끗한 산천어가 떠올랐다. 1급수에서만 산다는 산천어는 두 눈에는 붉은 기운이 있는데 그것과도 흡사하였다.

고성이나 속초 지역에서는 실향민들의 공동묘지를 쉽게 만날 수 있다. 양지바른 산등성에 오르거나 외진 산모퉁이를 돌아가다가 우연히 마주칠 수 있는 표지석에는 〈함경도 학성군민의 망향동산〉이라거나 〈황해도민 공동묘지〉 등 찾아갈 수 없는 고향의 이름표 아래 잠들어 있는 수많은 묘지가 있다. 우리는 산이 우는 소리를 들어야 한다. 그 소리는 낮아서 무심하면 지나치기 쉽다. 원적지를 비문에 새겨 놓고 잠들어 있는 원혼들이 이 땅에서 겪은 애환을 잊어서는 안 된다. 그들은 소리 내어 울지 않았고, 누구를 탓하여 목소리 높이지 않았다. 가슴으로만 울었다. 그래서 산이 우는 소리도 낮은 것이다.

남북이 휴전선으로 가로막히고 동해의 절경을 따라 남북을 오가던 동해북부선이 허물어졌다. 전쟁이 끝나고 참담한 폐허 속에서 철로가에는 판잣집이 서고 그 길게 누운 철둑을 밭으로 일구어 고구마나 감자를 심어 먹기도 했다. 용케 허물어지지 않은 철도 관사가 있으면 그곳을 수리해서 들어가서 살기도 했는데 그 사람들 역시 대부분은 실향민들이었다. 쉽게 경작할 땅을 구할 수 없었던 사람들에게 철도용지는 생명의 밭이었다. 자갈 섞인 땅을 파고 고르고 씨를 뿌렸다. 척박한 땅이었기에 큰 소출은 나지 않았지만, 고향 갈 날만 기다리던 그들에겐 그것은 그리 대단한 문제는 아니었다. 그렇게 철로 가에 모여 살던 실향민들도 세월의 무게 앞에서는 어쩔 수 없었다.

많은 실향민이 모여 사는 곳, 속초와 고성에서도 한참을 북쪽으로 올라가면 민통선을 만난다. 민간인 통제구역인 이곳에도 마을이 있고 실향민들이 살고 있다. 그야말로 가로막은 휴전선을 지척에 두고 살아가는 심정은 누구보다 애절하다. 한때는 북에서 보내는 대남방송 소리가 옆에서 말하듯 들리기도 했다. 살기는 좀 불편해도 통일되면 제일 먼저 고향으로 내달을 수 있다는 생각에 모든 걸 꾹 참고 사는 명파리 사람들이었다.

한때 명파리에서 근무한 적이 있었다. 봄과 가을 가는 소풍 길에도 지뢰를 조심해야 했다. 휴전되어 전쟁은 멈추고 있다고는 하나 그 흔적은 지워지지 않고 마을 사람들을 괴롭혔다.

나물 밭에 산나물이 지천으로 돋아나도 욕심내고 들어가면 안 되었다. 그런데 사고는 멀쩡히 다니던 길에서도 일어날 수 있었다. 고향 땅을 밟아야 할 두 다리를 잃기도 했다. 그들이 실향민일 때 더욱 가슴 아팠다.

고개 하나 넘으면 북쪽 사람이 되고 넘지 않으면 남쪽 사람이 되었던 우리의 역사, 저쪽에서 보면 고개 하나 넘어 이쪽 사람 되고 넘지 않아 저쪽 사람이 되었다. 저 고개 쳐다보며 한탄할 사람 어디 한둘이겠는가? 수많은 젊은 피로 산등성이를 물들이고 저렇게 곱게 차려입은 봄 산의 고개가 무심하기만 하였다.

실향민 중에는 어린 시절 어쩌다가 단신 월남하게 되었거나 부모와 같이 월남하다가 전쟁고아가 된 사람이 있었다. 그들의 고통은 이루 말할 수 없었으리라. 살아나기 위하여 안 해 본 일이 없을 것이며, 갖은 설움을 당하며 성장했을 것이다. 그런 그들에게 또 하나의 고민은 자기 성(姓)은 알고 있으나 본관(本貫)을 모른다는 것이었다. 설혹 본관을 알고 있다 하더라도 파(派)가 어디며 몇 대손인지는 알 수가 없다. 이 아무것도 아닌 것들이 자식을 낳아 혼사를 시킬 즈음에 다다르면 걱정 아닌 걱정거리로 다가왔다. 어린 나이에 전쟁고아가 되어 떠돌다가 속초에 정착한 그 아저씨는 자기를 '속초 김 씨'라 했다. 청호동은 속초의 상징적인 실향민촌이다. 지금은 현대식 건물과 도로가 정비되어 여느 도시지역과도 다르지 않게 변하였으나 한때는 아바이마을이라고 불리던 함경도 실향민들의 집단촌이 있던 곳으로 바닷가 옆에 나지막한 집들이 옹기종기 모여 있었다.

그 청호동에 들어가려면 갯배를 타야 했고, 갯배를 타면 줄을 당겨야 했다. 친구가 살고 있던 청호동, 친구의 아버지도 함경도 분이셨는데 배를 타셨다. 그 당시는 목선을 타고 노를 저어 멀리 있는 바다까지 나가 오징어 명태를 잡아야 했는데 갑자기 큰 풍랑을 만나면 속절없이 변고를 당하기도 했다.

속초 포구 옆에 '삼영집'이라고 있었다. 오징어무침이나 해물탕도 좋았지만, 오징어순대야말로 별미였다. 실향민들을 통해서 북쪽 음식이 많이 전해졌는데, 가자미식해, 명태 순대, 냉면 등 지금의 속초 특산물은 그때부터 서서히 자리 잡기 시작했다.

삼영집은 우리 문인들의 모임 장소로 오랫동안 이용되기도 했는데 젊은 회원들은 그분을 어머니, 어머니하고 따랐다.

연어는 대표적 회귀성 물고기다. 어미 연어가 자갈밭을 파고 산란하면 수컷이 그 위에 수정시킨다. 부화한 어린 고기는 바다로 내려가서 오랜 여행을 하다가 어른 연어가 되면 다시 태어난 강으로 되돌아온다. 이 연어는 먼 여정 기간 더러는 다른 동물의 먹이가 되기도 한다. 그러나 살아 있는 한 모천으로 돌아오려고 한다. 이 습성을 이용해 인공적으로 부화시키고 돌아오는 연어를 활용하기도 한다. 이 연어의 대표적 고장이 양양 남대천이다. 많은 사람이 함께 연어 축제를 즐기곤 하는데 물고기도 찾아오는 고향을 사람들은 찾아갈 수 없다는 것이다.

휴전 45년 만에 속초에서 북으로 가는 배가 떴었다. '카타마란'호였다. 신포 양화항으로 양수발전소의 기술자와 물자를 싣고 북한으로 출항한 첫 배였다. 그 후 금강산 여행길이 열렸고, 많은 남북 교류 활동으로 인적 물적 왕래가 이루어졌다. 그러나 어느 배, 어느 차에도 고향 가라고 실향민들을 태우지는 않았다. 실향민들이 가고 싶은 자기 고향을 가지 못하는 한, 저들의 삭은 뼈가 그리던 땅에 뿌려지지 않는 한, 우리 이웃의 '얘기'는 끝낼 일이 아니다. 그들에겐 금강산 유람, 백두산 관광이나 했다고 풀어질 '얘기'도 아니고, 그러자고 애절한 마음으로 반세기나 기다린 것은 더욱 아니기 때문이다.

분단의 긴장된 상황에서 동해에서 일어난 작고 큰 사건이 일어났다. 북쪽의 배가 떠내려오기도 하고 남쪽의 배가 조업저지선을 넘어가서 어려움을 겪기도 했다. 저 푸른 바다 위에 보이지 않는 선이 있어 넘어가고 넘어오는 것이 철저히 통제된 가운데 남쪽의 배 하나가 넘어간 일이 있었다. 무심히 넘어가니 지키는 자들도 무심히 보냈나 보다. 후일 선장의 낮잠 실수로 밝혀진 이 사건을 생각하면서 이런 실수는 용서되어야 하며, 이런 식의 실수를 저질러서라도 고향 방문을 하고 싶었던 실향민들의 아픔 가슴을 적셨다.

동해안 최북단에는 북방어장이 있다. 삼선녀어장, 저도어장과 함께 어로한계선 이북의 황금어장이다. 고성군 현내면 어민들에게 매년 한시적으로 개방한다. 북측이 해안가에서 포 사격을 하면 사정거리 안에 들어가기 때문에 항상 안전조업이 강조되는 해역이다. 명태를 비롯해 도루묵, 임연수어, 털게, 홍게, 가오리 등이 많이 잡히는 지역이다. 하지만 계속되는 바닷물 온도 상승으로 최근 몇 년간 명태어장이 제대로 형성되지 않아 어업인들이 어려움을 겪고 있다. 북쪽으로 가장 가까이 가볼 수 있는 지역이기에 북쪽이 고향인 사람들에겐 남다른 감회를 주고 있다.

장인과 함께 월남한 분 중 현내면 초도리에 살고 계시는 '이 씨' 아저씨와 토성면 아야진리 '김씨' 아저씨가 계셨는데 생전에 만나시면 고향 얘기로 밤늦은 줄 모르셨다. 아마도 청년회 활동을 같이하신 것 같은데 당시에는 청년다운 기백이 뛰어나신 분들로 체력과 예지력을 겸비하셨던 것 같았다. 장인이 돌아가신 후에도 장모님과 따님들이 인사를 다니곤 했는데 세월도 무심하여 언제부터인가 아야진리 아저씨는 요양원 신세를 지시다가 돌아가셨고, 초도리 아저씨는 인공신장을 달고 하루하루를 보내시다가 돌아가셨다.

이렇게 묵혀 두었던 시편들을 이리 찾고 저리 뒤져서 한곳에 모아보니 어떤 것은 너무 오래되어 식어버린 떡처럼 맛은 없어졌지만 그래도 누군가의 기억 속에 분단의 땅에서 살아야 했던 실향민들의 얘기가 한 줄 떠오르기를 바랄 뿐이다.

우린 뭘 모른다

장인께선 성진
장모님은 단천이신데
전쟁 북새통에
수복 지구에서 태어난 나와는
말이 통하지 않는다

뭘 모른다는 말씀이신데
듣는 나도
뭘 모르시는 것 같아
안타깝다

이 땅에 산 햇수로 따지자면
그러그러한데
그분들 잘 아시는 것과
내 잘 아는 것이
누구 거 하나라도 깜박 속고 있는 거라면
그같이 원통한 일 어디 있겠는가

차라리 그쯤으로 미루다가도

벌떡벌떡 일어나는 생각은
성진이던 단천이던
까마득히 먼 그쪽에서도
이날까지
진짜 뭘 모르면서
살고 있을 거란 생각이다.

장지(葬地)에서

눈이 내리고 있었다
천천히 막이 내리고 있었다

함경도 학성 학남 사람들의 공동묘지가
강원도 속초 장사동으로 떠내려왔다
그 언제런가
한 번 닫힌 땅 문은 까닭 없이
열리지 않은 빗장 지른 세월
어쩌다 생면부지의 이곳에 밀려와
퍼렇게 얼어 버린 손등 위에
속절없이
펑펑 눈물 같은 눈은 내리는데
왜 이리 안개만 가득한가

흐려진 시력을 문지르며
산허리를 올라서면
살아남은 사람들은 무더기 무더기로
저마다 말 꽃을 피우며
모닥불을 올리는데

그 위를 하얗게

재 같은 눈이 내리고 있었다.

속초 김 씨

흙냄새만 맡으면 뿌리를 내리는
엉겅퀴나 바랭이 종자들이야
바람이 부는 쪽으로 풀풀 머리를 풀며 나가지만
누구라? 속초 김 씨
아들딸 오롯이 피워 놓고

아이들은 아이들과 어울려 자라는 동안
이제는 짜그라진 실향 일 세대
바람에 훌훌 날아와 박힌 솔씨라야
뿌리내리고 살지
푸르게 버티지

산다는 건 가벼워지는 것
사방 몇 자 벌린 가지
거두면 짐 될 것 없다고
가볍게만 살아라
소금쟁이처럼 가벼워지면
물 위라도 걷겠다.

청호동 나무

가지를 치고 있어요. 파고들어 모래뿐인 땅 위에 피는 소금 꽃나무들은 흔들리며 소금을 뿜어내요. 이 세상 한복판 낯선 땅에서 날아온 가지들이 비린 안개와 모래바람 속에서 그렇게 쓰디쓴 수액을 나누는 일은 신기해요. 보아요. 발바닥 써늘한 소금밭에 지난날을 묻어 두고 흰 뼈의 통통선은 어디로 가는지 안개가 끌고 다니는 적막 속에서 맨발의 아이들이 뛰어올라요. 그물을 치고 친 그물을 끌어 올리는 익숙한 장난질 속에는 펄떡거리며 아비가 놓친 고기떼가 걸려들고 와와 작은 섬을 채우는 환호 소리에 나무가 흔들려요. 흔들리며 소금을 뿜어내요.

설쇠기 1

티브이에서 이북 땅이
언뜻언뜻 내비치는 걸 보면
묘한 기분이다
세상이 묘하다

열에 여덟은 그쪽이 고향인
이 마을엔
유별스레 첫눈이 늦고
거리에는 덧문을 내린 가게들
민족의 대이동이라는 설쇠기는
모조리 남쪽으로만
꼬리를 물었는데

온 가족이 명태 그물을 추리고 있는지
며칠 전 티브이 속으로 몰려갔는지
장사동 군민 묘지에들 올라가
술판을 벌이는지

티브이가 감춘 이 땅은 묵묵하고

시퍼렇게 뜬 별 무리 속에서
회초리 같은 바람이 내려와
빈 바다를 두드리고 있었다.

설쇠기 2

기사년 정월 초하루
여든네 살의 박 할아버지
귀향했다

서지도 눕지도 못하던 고통
조용히 사그라뜨리고
면사무소에서 양식 대준
거택 보호자는 가난과도 떠났다

혀가 굳어 말도 못 했는데
떠나기 직전에 말문도 트여
죽도록 고생시킨 할멈 걱정도 하고
한점 혈육 떨구지 못한 건
아쉬움도 없이
그 노구가
어머니, 어머니 부르며 귀향했다

강원도 통천 땅이 고향인
기업가 공개적으로 귀향하여

수많은 말들이 뒤범벅인 때
이슬 내리듯 소리 없이
한 장 종잇장 날리듯 가볍게
그렇게 박 할아버지
소문 없는 귀향했다.

박 할머니

몇 해 전인가 정월 초하루
설쇠러 가듯 할아버지 이승을 뜬 뒤
다시는 귀향치 않는데
말벗 되어 함께하던 할머니
이제는 기동을 못 하신다

단 하루도 사는 것 같이 살지 못하고
고향에 두고 온 자식 생각하며
당신들은 혈육 한 점 안 두었다
평생 한 일이란 기다린 일

이제 통일이나 되면 뭐 하나
할아버지 생각뿐이랴
할머니 생각뿐이랴
두고 온 아들조차 꼬부라질 나이

살아본 것 같지도 않게 한세상 살다가
가볍게 세상을 뜨는 거겠지만
배고플 때 밥을 먹고

기다리는 것도 기력이라네

그곳보다 가까운 저승길 휘젓고
박 할머니 떠나면
정말 이제 통일이나 되면 뭐 하나.

오징어순대

오징어순대로 유명한
속초의 삼영집에서
오징어순대 한 접시 청해 볼라치면
오징어순대보다 별미로운 그 맛

지금은 까마득한 고향 땅
함경도 솜씨라며
갖은양념 쓸어 넣고
통통한 오징어 배 속
아주마이 달고 쓴 온갖 기억
푸짐히 채우고
채워서 살짝 익힌 그 독특한 맛

창근이 아버지

쥐불 놓다가
쥐불 따라간 창근이 아버지
댓 발 논두렁은 오봉산으로 이어지고
우뚝 선 오봉산은 또 어디론가로 이어가지만
창근이 아버지 어디로 갔나

북에 둔 큰아들은 살았으면 마흔넷
이 땅의 창근이는 중학교만 가르쳤는데
사는 게 뭔지
갯가 옆 논바닥에
장화 두 짝 쓰러뜨려 놓고
칠순의 노구는 어디서 쉬나

참 꽃망울 툭툭 터지는
봄 불 속으로
세상은 이런 사람 자꾸 부른다.

첫 배, 카타마란호

휴전 45년 만에
속초에서 북한 땅으로 가는 첫 배
카타마란호
네 시간 만에 가 닿을 항은
북한 신포 양화항
나는 못 간다
고향 가는 첫 배 타자고
벼르고 벼르던 실향민들 두고
너 혼자 둥당거리며 혼자 가지 못한다

고향 땅 가는 배나 보자고
사람들이 몰려나왔다
부글거리는 가슴들이 동명항에서 눈을 부릅뜬다
눈물을 보이지 않는다고 하여
울고 있지 않은 건 아니란 걸
서로는 안다

영금정 돌아 장사동 앞바다 지날 때
함경도 평안도 황해도민 공동묘지

보이는가 카타마란호
공현진 거진 대진
곳곳에서 기다리는 귀향객

철썩철썩 그 소리 숨차다
덥석덥석 잡는 손길 뜨겁다
저기 주름 잡힌 얼굴은 누구더라

어리숙하게 누구 눈에 뜨일까
은근하게 스며들어서 내 한 줌 무게 얹는다
누구는 속초에서 신포 가는 첫 배
사람들은 그렇게 손 흔들어 보냈다.

이산

평생을 살아도
사는 것 같이 살지 못하는 것

일곱 살짜리
북에 떨구고 나온 장모님
평생 눈가를 짓무르게 한 아들은
자라지도 않는다

함경북도 학성군 원적지를 비문에 새기고
장인마저 세상 뜨신 후
그 무거운 이산의 죄를
혼자 감당하신다.

동해북부선

무너진 동해북부선
남에서 북으로
북에서 남으로
기차는 다니지 않고
무너진 기찻길 옆에
하나둘 모여 앉았네

길 터지면 갈 거라고
휴전선 가까이 살다가
평생 애태우며 살다가
고향길 가는 기찻길 옆에
나지막한 무덤들 모여 앉았네.

장모님

산, 바다, 호수가 있고 싱싱한 횟감이 많다고 모두가 이곳을 살기 좋다 하여도 끝내 이곳에 정 붙이지 못하고 고향만 그립디다. 한도 서리다 주저앉아 웬만하면 잊을 날도 있겠는데 처 고모부 가시고 장인도 가시고 모두가 떠나신 이 땅을 거저는 못 떠나시겠다고 보는 사람마다 붙잡고 웁디다. 일곱 살 아들이 눈에 밟힌다고 평생을 보이지 않던 울음 이제 터뜨리니 참으로 큰일입니다. 장모님 달래줄 세상은 오지 않고 바라보는 이 땅의 자식들만 애가 탑니다. 바다 없어도 산이 없어도 좋습니다. 장모님 살고 싶은 곳에서 하루만 사시면 좋겠습니다. 진탕 같던 날들 가볍게 말려서 훌훌 터시고 가실 수 있으면 좋겠습니다. 둘러보면 보고 싶은 사람 보지 못하고 가고 싶은 곳 가지 못하는 세상을 우리가 삽니다.

연어

남대천 연어 축제는 얼마나 신났나
살진 연어 몰려드는 하구에서
낚시도 하고
맨손 잡기도 하고
별별 요리 다 선보이는
그야말로 연어판

번쩍거리며, 펄떡거리며
고향 찾은 연어
그 연어 보면 눈물 나는 사람

연어낚시도
연어 맨손 잡기도
연어 요리도 못 먹고
개울 바닥 휘젓는 연어 보면
어머니,
어머니.

성진 바다

성진이 고향인 장인께서 돌아가셨다
평생 고향 찾다가 가신 분이었기에
쓰러지신 자리에는 바다 넓은 성진이
떠오를 만했다
오십 년 기다린 귀향이 이렇듯 갑작스럽다는 걸
누가 소리쳐 알려주지 않아도
이곳에 모인 사람들은 받아들이고 있다

일흔다섯 동갑이 울고 있다
함께 월남한 아야진 아저씨는 성진 고개 너머
외진 마을을 펼쳐 놓고 꺽꺽 우셨다
그런 울음은 첨이었다
살점이었다가 뼈가 되는데
그것이 가슴에 닿으면 바다가 되어 출렁거렸다

북에 둔 아들은 살았는지 죽었는지
이 땅에 수북한 딸들
방북 신청서 만들 때 찍은 근사한 사진 앞에 섰고
엎드려 술 한 잔 부어 놓고

일어나지 못하는 고향 사람들은
촛불 아래 출렁이는 바다를 만나는지
눈빛 점차 아득해라.

우리 얘기

백두산 꼭대기 올라서서
고향 땅 바라보고 왔다고
자랑삼아 말 못 하겠네

속초서 신쪼 가는 배
손이나 흔들어 댔다고
그것도 차마 말하지 못하겠네

금강산 구경이나 하자고
호화선 타고 그 땅에 가면
몇 날 며칠
산천 구경이나 하고 그냥은 돌아오지 못하겠네

우리 얘기가
백두산 꼭대기나 올라서 보았다고
빈 배가 왔다 갔다 하는 것이나 보고
금강산 유람만으로
어디 풀어질 얘기던가.

쑥고개

보릿고개만 알지
누가 쑥고개 아는가?

큰아들 넘어가고 돌아오지 않는 쑥고개

쑥부쟁이 무성한 언덕을
골골거리며 하루에 한 번씩
넘나들던 아비는

기어코 쑥고개를 아주 넘어가고 말았네
누구네 동네라 말할 것도 없이
우리네 마을에는 고개도 많구나.

명파리 지뢰

산나물 뜯던 송이 할머니가
지뢰를 밟았다
한 오십 년 웅크리고 잠들어 있던 그놈은
적인지 아군인지
산나물 뜯는 순박한 송이네 할머니인지
전혀 알아차리지 못하고
터졌다

이 천년 봄
진달래는 붉게 산등성이를 덮었는데
송이 할머니는
천덕꾸러기의 오십 년 잠을 깨운 죄로
발목을 잘랐다

몇 년 전에도 이런 일이 있었고
또 앞으로도 있을 이런 일을 보고
사람들은 그저 끌끌 혀를 찬다

봄이면 산나물 돋고, 진달래 붉게 피는

우리네 산에
이 단순하고 아둔한 것들과 함께
사람들이 산다.

가끔 실수는 용서되어야 한다

아지랑이는 막국수 가닥처럼 굵었고
동해에서는 한 척의 어선이 꼿꼿하게 머리를 들고
북으로 갔다

벌건 대낮에 무사히
금지선을 넘었다

배 위에 앉아 있던 사람이
학처럼 날개를 펴고
날아오를 거라고
어로한계선 부근에서는 분명 그래야 한다고
생각했다

수십 년 머릿속에서
사람은 넘어갈 수 없는 곳이라고 익힌 곳
보이지는 않지만
굵은 선이 가로질러져 있어
살아서는 넘나들 수 없는 곳

차마 사람의 힘으로는 어찌해 볼 수 없다고
생각하던 곳
그래서 그쪽이 고향인 실향민들
꿈속에서나 넘나들던 곳
그것이 봄날 아지랑이처럼 풀어졌던 걸까?

서너 톤 됨직한 어선이
팔랑팔랑 종이비행기처럼
넘어가고 있었다
사람을 태우고 벌건 대낮

그것은 실수였고
그런 실수가 용서되던 봄날이었다.

이제는 그만 떠나시라

끝내 자식들은 돌아오지 않았다
쉰 해도 지났으니
그만 기다리시란다
주저앉은 산소에서
앙상한 당신을 모시고
화장터로 간다

전쟁통에 북에 보낸 큰아들 둘째 아들
땅속에서 기다리다 맺힌 한
이제는 훌훌 떨고 가시라고
이 땅에 남은 셋째가 그 한 뿌리겠단다

부모 없이 형제 없이
이 땅에 홀로 선 막내의
눈물도 함께 보내드리겠단다

그래도 씻은 듯 잊을 수 없던지
당신이 있던 자리 나무 한 그루 심고 돌아선다
나무도 생각하고 듣는다면

저 나뭇가지 뻗고 잎을 세워
이 땅의 내력을 전하리

환갑의 막내가 아버지를 안고 내려오다가
하늘을 본다 윤이월 푸른 하늘로
'이제는 그만 떠나시라.'

북방어장

문을 잠그고 여는 바다
세상에 하나뿐인 북방어장에는
뭔가 있습니다

어로한계선 넘어
북위 38도 33분과 38도 35분 사이
저도 앞바다에서
그것을 보았다는 사람이 있습니다

명태, 장어 흔치 않다고 하지만
그래도 황금어장
뱃머리를 힘 있게 돌리면서
그물을 올리는 굳은 손바닥엔 긴장이 사려지고
그 긴장이 풀릴 때쯤
슬그머니 나타나는 게 있습니다

북방어장 드나드는 뱃길 가르치던 아비는 떠나고
배 타기 싫어하는 자식은 타지로 가고
혼자서 배질하는 그 사람도

분명하게 볼 수 있었습니다

젊은 사람처럼 눈이 밝진 못해도
평생 해온 게 배 탄 건데
뱃머리로 올라오더니 배꼬리에 주저앉아
한참 있다가 바닷속으로 들어간
그것을 모르겠느냐고 합니다

바다도 오랜 시간 잠가 두었더니
별일이 다 생깁니다
북방어장에 다녀온 사람들은
토막 낸 바다가 형상도 없이 꿈틀꿈틀
가슴으로 전해 주던 그 느낌을 얘기합니다.

초도 아저씨

기축년 정월 초하루
아내는 초도에 갔다
거동도 불편하고 귀도 어두운
여든아홉 이 씨 아저씨 만나러 갔다

장인과는 동갑
함경북도 학성군 학남면에서
같이 월남하여 평생 동기간처럼 지내다가
장인도 가고 친구분들 뜬세상을
혼자 지키신다

한탄도 사그라지고
원망도 주저앉아
반쯤 죽어 사시는 아저씨가
묵은 달력 한 장을 아내에게 전했다

맥없이 흘러간 세월을 보란 것이 아니다
묵은 달력 뒷장에 빼곡하게 그려 놓은 고향 마을
지서와 우체국은 그러려니 해도

월남한 예순 넘는 친구들의 집
고샅길 찾아 이리저리 깔아 놓고
하나하나 불러보고 세워 놓고 이름 달아 놓았다

평생 그리움을 안고 사는 사람의 눈빛은
젖어 있지만 맑다 했거늘
그 눈빛으로 이 그림 그려 놓고
혼자 웃었을 초도 아저씨

'니 아부지 집은 저쪽에 있다.'
아내는 오늘 아버지의 마을을 안고 왔다.

산천어 눈빛 닮은 당신

검구나
작지만
소멸하지 않는
확실한 점 하나
그윽하고 깊구나

붉구나
그 점 언저리 노을처럼 붉구나
갈 수 없는 곳을 그리워하면
가슴이 활활 타오르고
그 불기운이 눈 속으로 몰려간다

젖었구나
늘 젖어 사는구나
아무리 숨기고 싶어도 말간 물속에 드러나는 걸
당신 눈빛은 젖어 있구나

그리하여 당신은
산천어 눈빛을 닮았구나.

상봉 신청

상봉 신청을 하는 사람들
마음은 하나다

만나고 싶다 보다
만나야 한다가 먼저다

이유가 맑다
너무 맑아서 다 보인다

이 다 보이는 마음
뙤약볕에도 거둬들이지 않던
아비는 떠났다

맨드라미 진자리
더 붉은 맨드라미 핀다

딸이 다시 상봉 신청을 한다
그 이유도 하나다
둘러대지 않아도 다 통한다.

한식

사월, 황사 바람 한바탕 지나가고
상석 위의 먼지를 씻어 내며
후두두 비가 내렸다

함경북도 학성군 학남면
원적지를 비문에 새기고
귀향을 기다리는 장인의 묘소엔
올해도 잡초가 극성이다

산 쪽에서부터 달려드는 아카시아를 잡기 위해
나는 낫자루를 들고나서는데
북쪽에 있다는 아들은
오늘도 얼굴을 볼 수 없다

이 땅의 딸 두엇이 봉분 위아래서
두런두런 얘기를 나누며
잡초를 고르는 것이
장인과 은밀한 정담이라도 나누는 것 같다

겨우내 마른 국화 포기

그 속에서 새순이 솟는다

무슨 말을 하고 싶은지 삐죽삐죽 입을 내민다

아직 황사가 끝나지 않았다

먼 산이 뿌옇다.

몬스터 고 게임 이후

그해 여름
스마트폰을 들고 사람들이 몰려들었다
불쑥불쑥 튀어나오는 그놈 잡자고
이리 뛰고 저리 뛰었다

청초호보다 깊은
당신 눈동자 속에서
그놈보다 더 빠르게 나타났다가 사라지던
고향 식구들 평생 찾던 청호동 어마이
그런 거 해보았다

스마트폰에 앱을 깔아 주고
충전소가 생기고
생수도 무료로 주던 열풍이
가을도 오기 전에 모두 호수에 가라앉고

떠들썩하던 적십자회담 잠잠하고
이산가족 상봉 열기도 사그라진
그해 여름

폭염으로 온 동네가 정신없을 때

'나 찾아봐라.'
망향동산으로 들어가는
조용한 발길 하나 있었다.

아내의 방북 신청서

아내의 오빠는
북에 있다
아니 세상 떴는지도 모른다

아들 하나 떨어뜨리고 내려온
장모님은
서리 맞은 꽃잎으로 가셨다

방북 신청서에
곱게 사진 붙여 놓고
한 가닥 희망으로
평생 진흙 길 걸었다

붉은 눈빛으로 사시던
장모님만큼은 아니더라도
얼굴 모르는 오빠를 그립다 한다

아내의 방북 신청서가
채택되기는 어렵다

북에서 탈출한 가족들은
더욱 어렵다
그래도 보고 싶다 한다

여전히 붉은 눈빛의
해가 뜨고 지는 세상에서
아내의 방북 신청서는
아주 작은 얘깃거리다.

이산가족 상봉 날

푸르디푸른 날들이
환영 현수막 뒤에서
환영으로 펄럭거리는 곳
밟고 온 날들의
실타래는 어디서 풀어야 하나

이천십팔 년 팔 월에
백 세의 언니가
놓쳤던 동생의 손
이제 잡고 우네

잠시 집 나갔던 사람
육십팔 년 만에 만나니
이걸 웃어야 하나 울어야 하나

평생 산 거처럼 살지 못하고
허허롭게 떠나신
일 세대 이산가족들
이거 보고 계시오

당초에 어찌해 볼 수 없는 일이라고
외면한 채 먼 산 보는
실향민촌 이세님들
방북 신청서 다시 써봅시다

산 사람 죽은 사람
이 땅에 수두룩한 멍든 가슴
쉼 없이 두드리며
오늘은 비가 내리네요.

저도 어장

겨우내 문 잠갔다가
아지랑이 피어오르는 날
문을 열었다

아무도 찾지 않는 날
파도로만 뒤채이다가
뱃머리 곧추세우고 달려드는 당신을 맞는다
억센 사내 손길이
허리를 잡아 흔들면
살찐 문어와 고기들을 품에 안긴다

사람의 가슴 한구석에도
찾아내지 못하는 바다가 있어
오랜 날 혼자 일렁거리며
등 푸른 물고기 키우고 있다

이곳과 저곳을 가르는 야릇한 경계의 한 곳
수십 년 문을 여닫는 바다가 있고
그 속엔 기다림이란 물고기들이 펄떡이고 있다.

제비꽃

북에 둔 자식 보고 싶다
평생 고향 그리다 가신
장모님 산소에 제비꽃 한 줌이다

혼자 감당하시던 이산의 죄
조금씩 푸른빛으로 벗어 내려고
양지달음 중이다

눈가에 담고 있던 물기
맑은 이슬로 올리더니
겹겹이 품었던 한스러운 마음은
여러 갈피의 색깔로 나누어 놓았다

눈길이 자꾸 가는 건
늘 젖어 사셨던 분
가벼운 몸짓 보았기 때문이다

마른 햇볕 한 줌 숨소리가
손끝을 당긴다.

금계국 가락지

윤사월 초여름
유난스레 금계국이 지천으로 피었다
사람이 죽어서 꽃이 된다는 생각은
꽃만큼 아름답다

맑은 영혼의 손가락들
손가락마다 노란 꽃 가락지
이리저리 흔들어대는 게
예사롭지 않았다

이십오 년 된 장인과
십팔 년 된 장모님 산소는
파묘되었고
아직 다 삭지 못한 시신은 화장장으로 모셔졌다

손가락에 끼워드렸던
석 돈짜리 금반지가
잿가루 속에서 빛났다

어둠 속에서
불길 속에서도 꼭 잡고 있던 가락지
단단하고 맑은 향기의
꽃 가락지가 살아났다
훌훌 날려 보내드리는
자식들 마음 깊은 곳에서도
금계국이 흐드러지게 피어
흔들리고 있다.

개장 신고

귀향의 절절함도
이산의 무거운 죄도
꽃이 되시라

그날 되면 보내드리리
이십오 년 땅속에서 기다린
실향민 일 세대

가볍고 가벼운
가루가 되어
꽃잎 위에 뿌려졌다

함경북도 학성군 원적지 새긴
무거운 비석도 눕히고
윤사월 맑은 날

풀지 못한 재회의 꿈도
무겁디무겁던 젖은 몸도
이쯤에서 가볍게 하자고

장인 장모님 산소를
개장했음을 신고한다.

제진역

푸르렀다
하늘이 그랬고
역장도 그랬다

오가는 기차 없는 역
덩그렇게 멈춘 시간 속에서
코스모스 혼자 치장했다

다시 하나로
비둘기가 구구거리기 시작했다

모바일로
백두산표 부산표 끊어서
ptx에 오르면
누구는 북으로
누구는 남으로 떠나는 곳

멈춘 핏줄 두 줄이
꼿꼿하게 뻗어 있는 제진역

종착역도 출발역도 아니라고
푸른 깃발 흔드는 역장이 있다.

기찻길 농사

동해북부선 끊어진 후
이곳 사람들은
철도용지에 농사를 짓는다

실향민 아버지가 만든 밭을
아들이 부치고
다시 그 아들이 갈고 있다

오 년마다 계약 갱신하고
매년 사용료 내며
칠십 년 되도록
이 땅을 떠나지 못한다

기차가 달려야 할 곳에
콩 농사짓는 아들은
올해도 새 계약서를 쓰고
푸릇푸릇한 기운을 키운다

원산 거쳐 함흥 가는 철길 위

한으로 가르던 밭골
그 밭골의 곡식으로
실하게 자란 그가

남북으로 길게 골을 타서
푸르디푸른 새순들
한 줄로 세우고 있다.

도장포 아저씨

중앙동 도장포 아저씨
손재주 좋았다

북쪽 가족 이름은
가슴에 새겨넣고
오가는 사람들 이름은
도장 목에 넣어 주었다

가슴 속 이름은 사리가 되고
도장 속 이름은 나비가 되었다

잘 마른 도장 목으로
꼿꼿했던 실향 일 세대.

젖은 눈망울들이다

고향을 잃었다는 말은
부모와 이별하였거나
이웃과 헤어졌다는 말과는
사뭇 다르다

뛰놀던 땅
바라보던 하늘
온갖 것 담았던 마음
몽땅 잃었다는 말이다

그렇게 가슴 반쪽 없이
아프게 살았던 땅

양지바른 곳에
푸르디푸른 젖은 눈망울들만
한가득 모여 앉았다.

별이 된 사리

고향 그리워하는 마음은
나비가 되어 날아다니고
가족과 헤어진 슬픔은
사리가 되어 가슴에 남네

날아다니는 나비들조차
철조망 훌훌 넘지 못하고
사리는 어쩌자고 하루도 쉬지 않고
자꾸 커가는구나

훌훌 날아간 님아
사리 가득 담고 떠나신 사람아
이 마을 하늘에 반짝이는 별들
가득한 사연
이제서야 알겠네.

2장

바위詩

바다와 모래, 바위가 만든 이야기

새로 시작한 일이 국가지질공원 해설사다. 지금까지 느껴보지 못한 마음으로 바다와 모래를 만날 수 있었다. 특히, 풍화된 바위들은 저마다의 특이한 모습을 하고 있었고 그 바위가 뿜어내는 숨결과 매일 만날 수 있다는 것은 행운이었다. 바위마다 이름을 붙여 주고 자꾸 불러 주면서 사물을 바라보는 친근한 눈을 뜨게 되는 계기가 되었다.

고성 지역을 파랑의 지대라 부르는데 파도와 해안 지역의 지질 특성을 강조하기 위해 붙인 용어이다. 그만큼 곳곳에 해양 지질 유산이 발달했는데, 특히 석호는 고성군의 대표적인 지질 명소로 바다와 육지를 연결하는 생태통로로도 중요한 가치를 지니고 있다.

남한에서 가장 큰 석호 화진포는 남호와 북호로 구분되는데 크기는 남호가 더 크고 바다와 통하는 물길은 북호 쪽에 있다. 태백산맥 동쪽 지형에서는 물 흐름이 서에서 동으로, 혹은 북에서 남으로 흐르는 데 비해 화진포는 남에서 북으로 물길이 이어진다는 데 특별함이 있다. 화진포를 조망하기 좋은 산, 오르는 숲길이 너무나 정겨운 곳, 바로 응봉을 얘기하지 않을 수 없다. 응봉은 매가 앉아 있는 모습과 같다 하여 매 응자를 써서 응봉이라 불리는데 산과 호수, 그리고 바다를 한 번에 조망할 수 있어 강원 20대 명산으로 지정될 만큼 유명한 곳이다. 화진포 앞바다에 있는 금구도는 광개토대왕 능이 있다는 설이 있다. 송지호는 화진포보다 규모는 적지만 풍광의 아름다움은 어디에 내놓아도 빠지지 않을 것이다.

고성군은 해안선을 따라 길게 자리 잡고 있고, 곳곳이 지질학적 특성과 아름다움을 갖고 있다. 특히 죽왕면 오호리에 이르면 동해안 그 어디에서도 쉽게 만날 수 없는 관입암의 절묘한 모습을 볼 수 있다. 해설사를 하기 전까지는 이곳에 이런 비경이 감춰져 있다는 사실을 모르고 있었다. 오호항과 송지호 해수욕장 사이에는 오호 등대가 있는데, 이 등대가 세워진 언덕을 통해 바다로 넘나드는 길이 열린 것은 몇 년 안 되었다. 예전엔 군 통제구역으로 민간인은 들어갈 수가 없었다. 그래서 서낭 바위 쪽으로 가기 위해서는 바닷가 쪽으로 돌아서 거친 암석들 사이로 기어서 가다시피 해야 하기도 했지만, 파도라도 치는 날에는 위험해서 답사하지 못했는데, 군부대와 행정기관이 잘 협의해서 등대 산을 개통해 길을 낸 것이다. 등대 입구 쪽으로 걸어가다 보면 바로 왼쪽으로 환하게 바다가 보이는 길이 나타나는데, 움푹 파여 있는 지형도 신기하지만, 백사장과 바다 쪽으로 야트막한 바위들이 오밀조밀 깔린 것이 호기심을 불러일으킨다. 이곳은 해식애와 해식굴 등 바닷가 절벽에서 만날 수 있는 지질 현상을 관찰할 수 있는 곳이다. 파식대 위에서는 바닷물을 채웠다가 비우고 또 채워 주는 수많은 술잔 모양의 구멍들을 볼 수 있는데 이게 바로 해양 돌개구멍이다. 지름 15~30㎝ 크기의 돌개구멍들이 그 수를 다 찾을 수 없을 만큼 곳곳에 숨어 있는 모습이 신기하기만 하다. 바닷가에 살던 우리 조상들은 해초를 채취한 후에 모래나 암석 부스러기들을 분리해 내기 위해서 이 돌개구멍에 넣어 찧었다고도 한다.

다시 발길을 돌려 오르던 길을 되잡아 걷다 보면 흰 등대를 만난다. 이곳이 산 정상으로 1958년부터 한 번도 쉬지 않고 드나드는 배들의 무사 항해를 도와주었던 오호 무인 등대가 서 있는 곳이다. 등대 발밑에는 잔잔하게 키를 키운 푸른빛 해국이 가득하고 멀리 동해의 비경이 한눈에 들어온다. 서낭 바위 쪽으로 내려가기 전에 오른쪽에 설치된 전망대에 다녀오기도 한다. 이곳도 군부대와 협의해서 아래는 군 참호로 사용하고 옥상 부분을 전망대로 꾸며 놓았는데 인기가 좋다. 확 트인 바다를 바라보면서 발밑의 갖은 암석 풍화 현상을 관찰할 수 있는 곳이다. 특히 소나무 가지 사이로 모아이 석상(오 형제 바위)을 바라볼 수 있다.

바닷가로 몇 개의 목책 계단을 딛고 내려오다 보면 제일 먼저 만나는 바위가 '운수 바위'(자석 바위)이다. 화강암체의 바위 경사면에 많은 잔돌이 올려져 있는데 흡사 자석으로 붙여 놓은 것 같다고 해서 그렇게들 부른다. 대부분의 돌 조각은 규장암 조각들인데 가볍고 모가 나 있어서 거친 화강암체 표면에 조그마한 돌기가 있어도 잘 올려진다. 한 번에 붙이면 그날 재수가 좋다고 해서 다들 재미 삼아 올려보곤 한다. 운수 바위 바로 옆으로 보이는 바위가 '부채바위'다. 서낭 바위라고 잘못 소개되어 있기도 한데 이 바위는 잘록하니 가는 허리가 큰 몸체를 아슬하게 지탱하고 있는데 그 모습이 워낙 기이해 최고의 비경으로 꼽힌다. 보기에 따라 얼굴 모습이 되기도 하고 부채 모습이기도 한데, 예전부터 부채 바위로 불려서 지금도 그렇게 불린다. 더러는 둘리 바위, 지어미 바위라고 부르는데 머리 위에는 자연이 키워 낸 천상의 분재 작품인 소나무 한 그루가 비스듬히 누워 있다. 그것이 바위와 절묘한 조화를 이루고 있다. 나이를 따지자면 한 백 살은 되었다고 하는데, 실제로 나이 드신 어른들이 본인들이 어렸을 때도 그 소나무가 있었다고 하니 나이는 그쯤 되었으리라 짐작된다.

　바로 이 바위와 마주 선 바위가 바로 서낭 바위다. 용이 승천하는 모습의 규장암이 관입되어 있다. 중생대 쥐라기의 화강암체에 8천3백만 전 백악기 규장 암맥이 관입되어 있다. 이 서낭 바위와 같이 대규모로(두께 70~100 ㎝) 관입된 경우는 흔치 않다고 한다. 마을에서는 이 바위에 산신이 깃들어 있다 하여 매년 치성을 드리기도 한다. 만사형통을 기원하거나 무속인들이 찾아와 무속 행위를 하는 모습을 자주 볼 수 있다. 바닷가 쪽에는 타포니가 발달한 돌기둥 형태의 암석이 덩그러니 놓여 있는데 이 바위가 '복어 바위'이다. 주변에는 와불 바위와 복돼지 바위, 물개 바위 등이 흩어져 있어 야트막한 파식대를 오가며 감상하기가 좋다.

죽왕면 문암진리 남쪽에는 파도가 넘나드는 아름다운 섬 능파대가 있다. 백도항에서 남쪽 해안 길로 접어들면 문암천을 만나는데, 그 하구에 접해 있는 곳으로 지금은 육지와 연결된 육계도가 되었지만, 그 옛날에는 바다 위에서 문인들을 비롯해 답사객을 맞으며 그 아름다운 자태를 뽐내던 섬이었다. 능파대는 복운모 화강암 지대로 대규모 타포니 군락지다. 바닷가에서 타포니를 만나는 것이 드문 일은 아니지만, 이곳은 그 규모가 크고 형태가 특히 기기묘묘하다. 이곳을 자주 찾는 분이라면 암석의 벌집 구멍 형태가 조금씩 바뀌어 가고, 본래엔 서 있던 암석이 넘어진 모습에서 암석의 풍화가 지금도 진행 중이라는 것을 알 수 있을 것이다.

타포니는 석회암이나 사암 등 다양한 암석에서 발달하지만 구성 입자가 큰 화강암 같은 암석에서도 잘 만들어진다. 능파대의 경우에는 오랜 기간 염분에 노출된 화강암의 갈라진 틈을 따라 염풍화가 일어나면서 암석의 표면이 잘 부스러지게 되었다. 암석 표면의 큰 결정들이 제거되어 작은 구멍들이 생기고 이 틈으로 다시 염분이

들어가 큰 구멍을 만들어 내는 과정을 반복하면서 대단위 군락을 만들어 낸 것이다.

능파대의 해안 타포니가 바다 쪽만이 아니라 육지 방향에서도 쉽게 관찰되는 것은 바로 사방으로 바다에 둘러싸여 해수로 인한 풍화가 이뤄졌기 때문이다. 현재는 문암천에서 유입된 모래로 인해 섬과 육지가 이어지게 되었고 해안가 쪽으로 마을이 형성되면서 능파대의 원형은 거의 찾아볼 수 없게 됐다. 게다가 경제개발이 시작되던 70년대 즈음에 급격하게 본래 모습을 잃었다. 마을마다 방파제를 만드는 과정에서 섬의 남쪽 부분 암석을 깨서 인근 바다에 넣었다고 한다. 지금도 주차장 터에서 바라보면 섬의 전면이 날카롭게 절단된 모습과 그 바닥이 콘크리트로 다져진 것으로 보아 예전의 모습과는 전혀 다른 모습이 되었다는 것을 알 수 있다. 타포니가 군락을 이룬 멋진 암석들로 가득했던 모습을 상상해 보곤하는데, 그때마다 참 안타까운 마음이 든다. 능파대는 마을 사람들에게도 중요한 장소여서, 마을과 맞닿은 섬 입구에는 마을 사람들이 치성을 드리는 장소가 있다. 이곳은 오래전 주민들이 항상 청결을 유지하고 솥을 올려 제물을 만들고 잡귀를 막는 금줄 등을 설치된 흔적이 남아 있다.

동편 섬을 답사하려면 약간의 용기와 주의가 필요하다. 이곳은 보호책도 없고 오르내리는 계단도 설치되어 있지 않아서 자칫 실족이라도 하는 날에는 큰 상처를 입을 수 있기에, 연로하신 분들이나 어린 학생들은 안내하지 않는다. 그렇더라도 용기를 내서 이 동편 섬을 오르면 귀한 능파대 휘호와 바닷속에서 솟구친 암석의 비경과 '술잔 바위', '관통석' 등 또 다른 타포니 바위들을 감상할 수 있다. 커다란 암석 위에 멋스럽게 새겨진 능파대 휘호는 이 섬의 자랑이다. 조선 전기의 문신, 서예가 봉래 양사언의 친필 휘호라고 전해지다가 요즘은 신익성의 글씨라고도 주장하기도 한다.

관음굴이라고 불렸다는 섬의 바위 고랑에는 지금도 바닷물이 드나들고 있지만 옛 모습은 아니다. 파도가 크게 치는 날에는 바닷물이 넘쳐서 주차장 쪽으로 넘어와 인근 식당과 주택에 피해를 준다고 해서, 방파용으로 테트라포드를 수북이 쌓아 놓았기 때문이다. 그렇더라도 이 골짜기에 서 있는 암석의 모습은 금강산의 비로봉과도 같아서 많은 답사객이 감탄하며 바라본다. 요즘 방탄소년단의 화보 촬영지로 알려지면서 많은 답사객이 찾아온다.

고성의 네 번째 지질 명소는 주상절리 현무암 지대다. 고성은 우리나라의 대표적인 신생대 현무암 분포 지역으로 고성산, 오음산, 뒤배재, 운봉산 등 5~7부 능선 이상의 높이에서 분화구를 메운 둥근 돔 형태로 소규모로 분포하고 있다. 이곳의 현무암 주상절리는 철원이나 제주 지역의 현무암과는 다르게 치밀하며 기공이 거의 보이지 않는, 매우 무거운 알칼리 현무암질인 것이 특징이다.

고성 지역 현무암 지대를 답사할 때 찾는 대표적인 곳이 운봉산이다. 운봉산을 오르는 길은 네 군데 정도의 길이 있는데, 현무암 주상절리 답사 코스로는 학야리 군부대 쪽에서 오르는 길을 가장 많이 이용한다. 등산로 초입에는 운봉산 주상절리를 설명한 표지석이 설치되어 있다. 현무암 너덜지대를 답사하려면 정상을 오르다가 우측으로 돌아가야 한다. 오르는 길이 경사도가 높아 금세 가쁜 숨을 몰아쉬는 사람들도 있지만 그래도 중간 부분까지는 올라가서 너덜지대로 들어서는 것이 위아래를 관찰하기에 좋다.

등반로에서 오른쪽으로 몇 걸음 들어가면 수백만 년 전의 신비가 한눈에 펼쳐진 너덜지대를 만나는데 이곳이 바로 현무암 주상절리 지대이다. 크기도 거의 일정한 크레파스 동가리처럼 부러진 주상절리가 무더기로 쌓여 있는 모습을 바라보면 과거로의 먼 여행을 온 듯한 착각을 일으킨다. 이런 지대를 부르는 이름은 다양하다. 암괴류, 돌서렁, 애추, 테일러스(talus)라고도 부른다. 고성 현무암 주상절리의 특징은 기포가 빠져나가지 않은 상태로 굳어 있어 지하 160㎞의 맨틀 성분이 그대로 내포되어 있다는 것이다. 또 이 현무암은 철원 지역의 현무암과 뚜렷한 차이를 보인다. 그 차이는 철원 지역처럼 분출한 것이 아니라 관입했다는 점이다. 운봉산 화산체는 폭이 약 361m인 원통형이고, 기반암 위에 현무암이 직접

덮여 있다. 운봉산 상부 쪽으로 가면 아직 원형의 주상절리를 만날 수 있다. 현무암 주상절리의 본형이 그대로 서 있는 '병풍 바위', 주상절리 머리 부분인 노두가 드러나 있는 '거북 바위'가 있고, 미륵암 쪽 화강암체에는 '얼굴 바위', '떡 바위' 등이 신비한 모습으로 서 있다. 운봉산 정상에서는 북으로는 거진항부터 아래로는 속초 장사항까지 파노라마로 펼쳐진 동해를 감상할 수 있다. 그리고 높고 낮은 고성의 각 산봉우리도 한눈에 보여 실로 명산이라 할 수 있다.

고성에는 지질 명소로 지정되지는 않았지만, 지질 자원으로서 훌륭한 곳이 많다. 우선 수바위와 신선대를 꼽을 수 있겠다. 수바위는 화암사 앞에 있는 화강암체로 크기가 웅장하고 몸체가 가려진 데 없이 잘 드러나 멀리서도 잘 보이고 가까이 가면 경건한 마음마저 드는, 힘이 느껴지는 바위다. 중생대 화강암으로 추정되며 긴 세월을 거쳐 현재의 모습으로 풍화되었으리라 본다. 전해 내려오는 이야기로 화암사의 절터를 명당이라고 얘기한 풍수가 있다는데 바로 이 수바위가 절을 지켜주기 때문이라는 설도 있다. 수바위에서 더 올라가면 신선대를 만날 수 있다. 설악산의 끝자락이자 금강산 일만 이천 봉의 첫 봉우리라 불리는 신선봉 아래의 신선대에 오르면 우선 정상에 드넓은 화강암 지대가 펼쳐져 있다는 데 놀라움을 감출 수 없다. 넓은 물웅덩이가 눈에 띄는데, 이는 화강암체의 윗부분이 풍화되어 웅덩이가 된 곳이다. 꼭

선녀가 내려와 목욕할 것 같은 곳이다.

천학정의 '손가락 바위' 이야기도 안 할 수가 없다. 토성면 교암리 마을과 이어지는 바닷가에 자리한 천학정은 고성 8경 중 한 곳으로 거울 속에 정자가 있는 듯하다 하여 붙여졌다고 한다. 천학정에서 바다 쪽을 내려다보면 기묘한 바위의 형상들이 있다. '손가락 바위'는 흡사 장갑 낀 손가락을 닮은 바위 무늬가 볼수록 신기하고 '고래 바위'는 '상어 바위'라고도 하는데 바다에서 막 솟구치는 형상으로 보는 사람의 마음을 즐겁게 해준다. 이 화강암체들은 오랜 세월 풍화와 침식 작용을 거쳐 지금의 신기한 모습을 갖췄다. 주변에는 해안 지질의 특성을 두루 관찰할 수 있는 곳들이 있다. 그 외에도 도원리 계곡, 공현진의 '스뭇개 바위', 가진리의 '고재 바위', 거진 뒷장 백섬 해상전망대와 해변 기암, 송지호(석호)의 천연 습지, 어천리의 '관대 바위', 장신리 계곡 등 관심을 두고 찾아보면 지질 공원 명소로 이름 올릴 후보지는 더 많이 찾을 수 있다. 이런 지질 자원들을 찾아다니면서 그 모습들에서 새로운 느낌을 찾아보는 일은 매우 재미있으리라.

모아이 석상

일출 전망대에서
바다를 내려다보다가
육지로 기어오르는 석상 보았다

파도치는 날에는
보이지도 않더니
바람 잦아든 날
바깥으로 나온다

이스터섬에서 모아이를 만들기 전
사람이 깎고 세우기 아주 오래전
송지호 해안가에
누군가가 빚어 놓은 석상

온 세상 다 뒤져도 만나지 못할
토종 모아이가 이곳을 지킨다.

송지호 해안 남단에 있는 석상(오 형제 바위라고도 불림)

창을 연 바위

속 파인 바위들
하나하나 모여서
서로 위로하는 거 보았네

찬찬히 보니
서로서로 위로하기 전
깊게 파인 속 드러내고
자기 위로하는 거
파도 소리로 들었네

사그락거리는 소금 알갱이를
가슴에 담고 사는 그 사람
하고 싶은 얘기 누군들 없을까
그조차 바람에 날려 보내고
텅 비우고 서 있는 바위를 쓰다듬는다

도닥이는 위로가
나에게 전해지고
나의 빈 가슴을

보여도 부끄럽지 않은 곳

이쯤에서는 하늘과 맞닿은 창 모조리
열어 놓고 살아도 되겠다.

능파대의 육계도는 대표적인 타포니 섬

돌강

저만치 앉아 있는 산
구부렸다가 펴길 수없이 하더니
지금은 내 앞이다

오름길 따라 오르니
서두르면 쥐가 난다고
잠시 쉴 곳을 만들어 놓았다

급하게 쏟아 낸 말들이라
웬만해서는 알아들을 수 없지만
굳어진 돌무더기는
알듯 말듯 얼굴로 강이 되었다

날 선 돌 모서리들 비벼대며
비스듬히 누워 있는 강
이끼 뒤덮은 돌강을
이제야 밟고 간다

깊이도 모르고

끝나는데 더욱 알 수 없어
그저 눈길로만 넘나들던 강

생강나무 몇 그루가 손 내미는
산허리 휘감은 강
종종걸음치며 건너고 있다.

운봉산 서쪽의 오름길에서 만나는 현무암 너덜지대

등대와 해국

군이 따지자는 건 아니고
이곳까지 올라오는 사람 중
이제는 어깨 툭 칠만한 또래가 귀합니다

한때는 백 리 바닷길 비춰대며
뱃사람들 노질 도왔지만
항해도 자동 시스템인 지금
한물간 신셉니다

바닷길로 넘나드는 사람들 통해
이런저런 동네 소식
솔숲 사이로 들으며
요즘은 해국 키우는 재미로 삽니다

바다만 멀리 내다보다가 발아래 봅니다
바위틈 사이사이 잔잔하게 불빛 뿌리니
푸른 잎 해국이 자랍니다

아직도 허리 꼿꼿한 신사

캄캄한 바다에 불빛 가득 보내는
오호항 무인 등대 앞에는
푸릇푸릇한 이야기가 한창입니다.

오호 등대는 서낭 바위 쪽으로 넘어가는 산 정상에 서 있다.

수 바위

화암사 아래
큰직한 몸뚱이는 수도 중
잔잔한 미소로 꽃을 피운다

빼어난 모습이라서가 아니라
큼직한 물웅덩이가 있어서가 아니라
끼니를 이을
곡식을 내어 주었다는
따뜻한 이야기 품고 있기에
수(穗) 바위라 부른다

바위가 꽃을 피우니
천년이 지나도 지지 않는다

이런 사람 잊히고
저런 사람 잊혀지지만
따뜻했던 사람 두고두고 생각난다

가슴에 박혀

자꾸 꽃으로 피어난다
수 바위가 그렇다.

스님이 수도 중 수 바위의 은혜로 끼니를 이
었다는 전설이 전해진다.

치마 바위

허리를 감고 있는
한 줄의 선
잘 두른 허리띠다

두툼한 광목 치마에 질끈 동여맨
갈색이 곱다

한 번의 만남 이후
한 번도 풀어 내린 적 없는
단단한 마음이 오늘도 파도에 젖는다

뜨거웠던 날 너울너울 춤추던 몸속으로
한 줄기 빛으로 지나간 떨림의 흔적

오랜 날 간직한 채
소금에 절인 바닷바람 맞으며
참 곱게도 늙었다.

이끼 꽃

어둡고 조금 칙칙한
이끼 꽃
장마 속에서도
가뭄 속에서도
별 내색 없이 웅크리고 있다가
스르륵 스며든
한 점 먹물

햇볕에 말릴 수도 없고
쉬 닦아낼 수 없는 흔적
그 속에서 바람 일고
구름이 날린다

가슴에 박힌 무채색 점도 그렇다.

현무암 너덜지대에는 바위마다 이끼 꽃이 피어
있다.

능파대

아름답다는 건
이런 것이다

솟구침과 가라앉음이 하나
달리는 것과 멈춤이 하나

깎아짐과 세워짐의 절묘함
파여지고 갈라짐의 조화도 같이

파도가 빚어낸
오만가지 형상들이
훌훌 해탈의 길로 달려가고 있는
자그마한 돌섬

능파대에서는 화강암이 풍화하는 다양한 모
습을 볼 수 있다.

바늘 일기

지나가는 구름 속에
주사기 바늘을 꽂고
하루치 수분을 뽑는
바위 위 소나무

하늘과 통하는
귀 열고 눈 뜨고
마음도 보내놓았다

그 바늘귀가 그 바늘 눈이
받아온 하루치 정수로
딱 하루치 말을 전하며 산다

그렇게 백 살이 되었다
발밑에 쌓아둔 게 없으니
세 살짜리 몸이다.

송지호 해안의 부채 바위 머리 위 소나무는 기품도
당당하다.

휘호암

바위섬 가운데
가장 단단한 자리를 골라
집을 지었습니다

한낮에는 눈이 부신가?
푸른 바다 위를
날아다니다가

해가 지면
능(凌) 파(波) 대(臺)
세 마리 글자로 내려와
잠들고 있습니다.

능파대에는 봉래 양사언 님의 친필
휘호라 전해지는 휘호암이 있다.

웃는 물고기

답답한
당신 가슴에

시원하게
헤엄치는

물고기 한 마리
풀어놓고 싶어라.

천학정에서 바라보이는 바위 중에는
웃는 돌고래 형상도 있다.

손가락 바위

무엇을 움켜쥐고 싶었을까
바위에 움 돋은 다섯 손가락
바닷물에 적시고 있다

바위만큼 단단했던 사람
꼭 잡았던 손
슬며시 풀고 간 자리
잔물결에도
가슴 출렁댔다

눈 침침해지면서
손끝만 살아난다고
만지고 또 만져 보던 사람

손가락이 자라는
검은 바위 앞에서
그 사람 생각나서
철썩 가슴 쓸어내린다.

천학정에서 바라보는 명품 바위

관통석

가까웠다가 멀어지고
멀어졌다가 가까워지는
그 사람 혼자 드나드는 문
가슴 밑바닥
파도치며 흔들어대다가
스멀스멀 빠져나가는
단 하나의 통로

능파대에서 백도항을 바라볼 수 있는 관통석

서낭 바위와 해국

오호리 무인 등대 아래
바위 절벽에 그려진
꿈틀거리는 바람

하늘로 솟구치리라
두터운 화강암 뚫고 나온
두 마리 용의 입김일까

바다로 내린 꼬리 흔들어대니
늘 파도고 바람이다

붉은 돌 조각 하나
간절한 마음으로 올려놓아라
당신 마음 따라 산비탈 가득
해국 푸르게 큰다

* 송지호 해안의 절벽은 해국 군락지다.

응봉

왼쪽 날갯짓에

호수 찰랑

오른쪽 날갯짓에

동해 펄럭

날아오르리라

매 한 마리

화진포에 있는 강원도 20대 명산인 응봉(122m)이 아름답다.

와불 바위

반쯤 마음 비우고
두세 번 남은 마음 바닷물에 씻고
그리고 가만히 누워야
만나는 부처님
그렇다 하니 그런가 보다
그런 마음으로는
내일 다시 와도 뵐 수 없는
부처님 한 분 계신다.

송지호 해안의 부채 바위 앞에 누
워 계신 부처님

술잔 바위

바위는 일기를
이렇게 쓴다

바람과 파도가
종일 놀다 갔다

그런 일기 모여서
하나의 잔이 되고
그런 잔 여럿 달려와
술잔 바위 되었다

술을 따르는 사람
마시는 사람도 없는 외진 곳에
술잔들만 자꾸 모여들고 있다.

능파대의 동쪽 섬에 작은
술잔 모양의 구멍이 모인
바위

112

오리 바위

어린아이가
이름 불러 주었다
동화책에서 보았던
오리와 닮았다고

동화를 잊은 사람에겐
개 머리고
더러는 여우 주둥이지만

바위는 오리라 불러 줄 때
생기가 돌았다.

와불 바위 옆에는 오리 주둥이를
닮은 바위가 있다.

아기 거북이

삼 년을 꼬박 드나들었어도
찾지 못했지요
어미 찾는 아기 거북이

바위틈을 비집고 나와
한 해 한 뼘만큼
바다로 기어가는

이 앙증맞은 모습을
합장하고 바라보던
할머니 한 분이 찾아냈습니다.

부채 바위 앞 큰 바위틈 속에서
기어 나오는 작은 거북이 형상의
바위

복어 바위

잔뜩 배를 불리고
오늘도 경계 중
바다에서 밀려와
이곳에 머문 지 꽤 됐건만
한 치의 틈도 보이지 않네요

그 많은 사람 발길에
이제는 익숙해질 만한데
여전히 한눈팔지 않는
순하디순한
바다 지킴이랍니다.

송지호 해안의 부채 바위 옆에는
복어 형상의 바위가 지키고 있다.

바위의 노래

출렁거리는
바위의 노래는
대섬에서 시작합니다

몇 번의 곤두박질로 음을 달구고
돌개구멍에서 음정을 채색하여
해안가 바위에
붉그레한 음선 그어 놓더니

드디어 서낭 바위로 몰려와
하늘에 닿는 두 줄의 화음으로
몸이 부서져라
노래하고 있습니다.

복돼지 바위

저 천연덕스러운 눈빛과
마주 서기 위해선
바다로 뻗어 나간
바위 끝까지 따라 나가
남쪽 하늘을 바라봐야 한다

하늘바라기 당신에게
두 마리의 복돼지 다가와
우리 웃음 나누는
편한 사이 되자고 한다.

송지호 해안 바닷가 쪽으로 나가서 육지 쪽을 바라
봐야 만난다.

번데기 바위

가장 높은 곳
기어코 그곳을 올라가더니

몇 날을 온몸 달구어
불덩이로 태우고
한 마리 번데기로 남았다

내려갈 길은 없다
오직 날아갈 날만 기다리는
저 뭉툭한 몸뚱이

번데기 바위가
오늘 꿈틀거리는 걸 보았다.

송지호 해안 남단에서 육지 쪽을 올려다보면 이
번데기 한 마리 만난다.

거진 백섬

거진 뒷장 길
커브가 그려지는 바닷가에
솟구쳤는가 살포시 앉았는가
이름도 정겨운 섬

바다 위 길을 만들고
해금강 보세요 거진항 보세요
푸른 동해 담아가세요
소리치는 잔철섬

명태가 지천이던 때
눈덩이로 몰려왔던 사람들
더러는 남고 더러는 떠나면서
사람 사는 얘기로 꽃피던 섬

두고 온 식구 보고 싶다
그런 사람들 불러 모아
괭이갈매기 춤추게 하는
따뜻한 백 섬이 있습니다.

바위가 하는 일

소나무 뿌리가 갈라트린
바위를 보고
뿌리가 하는 일을 생각했었는데
곰곰이 생각하니
가슴을 열어 준 바위도 있었구나

몸을 내어 주고
뿌리를 내리게 하는 게
흙이나 바위뿐이랴

가지 뻗게 한 이웃
발길 닿게 한 세상
눈길 받아 주는 바깥 풍경까지

둘러보면 챙겨 볼 일
참으로 많다는 걸
몸 부서뜨린
바위가 가르쳐 준다.

바위의 입

바위의 입은
어디에 있을까
서둘러 찾지 않아도
자꾸 말을 걸면
어느 날 스르륵 입 열고
말 건넬 거라고

이름 붙여준 바위들
만날 때마다
이런저런 얘기 나누는
사람이 있습니다.

능파대의 새 바위(동전 바위라고
도 함)

어머니 바위

어머니를 만났습니다
너무나 편안하게
산길을 걷다가 쉬고 있었습니다

고사리 잘 크는 양지 녘
한 굽이 돌아가면 샘터도 있는
높지도 낮지도 않은 중턱에서
기다리고 있었습니다

그리운 마음
가슴에 담고 있는 사람이라면
덥석 손잡고 싶은 어머니를
이곳에서 만날 수 있습니다.

운봉산 오르는 길에 만나는 화강암체

노두 길

속 깊은 마음이
하나하나 얼굴이 되어
마중한다

발바닥 뜨거워지고
가슴도 뜨겁게 하는
민낯의 만남

현무암 주상절리
정수리 길

운봉산 정상에서 만나는 거북 등 바위

두백산 소리

새소리
바람 소리
천둥소리
물 흐르는 소리
산 울음소리

천천히 내려보내기

오봉리 마을 북쪽을 지키는 산

바위

바위를 본다
바위 속의 바위를 본다
바위가 품고 있는 속을 본다
사람을 본다
사람 속의 사람을 본다
사람이 품고 있는
마음을 본다.

능파대 관음굴 벽체 바위

삼 형제 바위

송지호에는
삼 형제 바위 이야기 전해지고 있다
삼 형제가 사라졌다는
안타까운 사연 속에
재첩을 끼워 본다

문전옥답 노릇했던 송지호
오봉 오호 인정 동네의
당당한 수입원이었다

올해 캐고 나도
내년에도 가득했다
그러던 재첩이 사라졌다

슬픈 전설로 이어져 내려오는
삼 형제 바위 옆에
재첩 바위 하나 솟아나겠다.

나막신

쉽게 찾아가라고
저 높은 곳에 올려놓았는데
아직도 그대로다.

송지호 해안과 능파대 사이 백도항의 타포니

해국

파도 위를
나비로 날아온 여인
바위 위에 수를 놓다가
올망졸망
초옥 가득 넣더니
외진 곳엔
환하게
해국 피웠다.

능파대의 해국

새들의 아파트

새들이
자유롭게
드나드는 집

새들도 아파트를 좋아하는가?

바다가 보이는 곳에
터를 잡고
둥지를 만들어 놓았다.

능파대 서편 섬 바닷가에서 만나는 타포니 바위

달 두꺼비

달에서
내려왔다고도 하고
바다로
가려 한다고도 하고

이러지도
저러지도 않는
두꺼비는
그저 들은 체 만 체

송지호 해안 부채 바위 앞에 있다.

송지호 노을

이것은 암호다

한 무리 오리 떼가
원을 그리고
이 간단한 신호를 받고
호수는
파드닥 응신을 했다

물결마다 금빛의 날개가 돋아나고
호수 전체가
한 마리 새가 되어
날아오르려는 순간이다

이것은 아름다운 암호풀이다.

* 송지호 석호는 고성 8경에 속해 있다.

132

순방산의 명품절리

산 껍데기 속에서
오랫동안 장작으로 쌓여 있다가
이렇게 멋들어지게 나타난
주상절리 있어
명품절리라 이름 짓는다

고르게 쪼개 놓은 솜씨
가지런히 재어 놓은 주인은
훌훌 어디론가 나들이 가고
수많은 사람 가슴
활활 타오르게 할 명품절리만이
순방산 지키고 있다.

오봉산 화산체의 대표 격인 순방산 주상절리

송지호교

곱게도 이어 준다
바다와 호수를
옛날과 오늘을

맑게도 떠오른다
재첩 잡던 어린아이
발가락 간질거리던
아름답던 날

송지호 석호의 철길을 이어주던 다리(곡면에서 평면 다리로 교체)

BTS 바위

바위도
유행에 따라 이름 바뀐다
능파대 본 섬에서
제일 큰 타포니 바위
가족 나들이객에게는 촬영 필수코스다

몇 해 전
방탄소년단 화보 촬영 이후
BTS 바위가 되었다

멀고 먼 나라에 나가서
한국 사람 이름 날렸듯
이 바위도 널리 널리 소문나
온 세상 사람들 몰려오리라

일곱 명 체온 따스하게 스며 있는 곳
오늘은 은발의 부부가
딱 그만큼의 나이 때를 생각하며
멋진 자세로 몸을 맡겼다.

뭉크 바위

뭉크를 만나게 한 것은
어린아이였다
물끄러미 타포니 바위를 올려다보던 아이는
해골 바위가 무섭다 했다

아이의 눈으로 바라보니
뭉크가 그려졌다
일그러진 얼굴로 답사객들을
손짓하는 해설사를 지켜보고 있었구나

아이의 눈으로 바다를 보고
아이의 마음으로 바위를 쓰다듬으라고
저 입이 말하고 있다
가끔은 당신도 그리해보라고
모두 그리해보자 하고 싶다.

능파대의 대표 타포니 바위의 상단부 모습

풍경 바위

섬의 시작점이었던 곳
지금은 육지와 이어진 첫머리에
세상과 통하는 창 하나 열어 놓은
풍경 바위 있다

누워 있는 바위와 얹힌 바위의
속사정이야 모른다 치더라도
두 몸뚱이 사이로 빚어진 그림
이리저리 돌려가며 바라보는 곳

생각 사이의 이야기가 재미나듯
눈길이 닿는 곳마다 정겨워지는 곳
안 와 본 사람은 있어도
내다보지 않은 사람 없다는
그림보다 아름다운 풍경 바위 있다.

능파대 첫머리에 있는 차성 바위라고도 함

해강

갈라진 바위 사이로
바다가 들어오는 걸 지켜본다
강물이 모여서 바다가 된다는 얘기는
여기선 아니라 한다

폭이 좁다 하여 낮추어 볼 일 아니다
물의 흐름도 제법이고
더구나 깊이는 잴 수 없는 바위 강
어디로 흘러가는지는 더욱 모른다

단단한 파식대 위에
이렇듯 멋들어진 강줄기 만들어 놓고
종일 물줄기 보내 주는 바다 있으니
마음 깊숙이 흐르는 물줄기 찾아
종이배 하나 띄우고 싶은 날이다.

운수 바위

한때는 자석 바위라 했다가
얼마 전 개명했습니다

〈박원숙의 같이 삽시다〉가 다녀가고
조금씩 유명세 치르더니
너도나도 하루 운수 시험한다고
화강암 위에 규장암 조각들
올려놓습니다

정말 아무것도 아닌 것에
좋아하고 섭섭해하는 모습
종일 바라보다가
어쩌면 세상의 기쁜 일도 슬픈 일도
마음먹기란 생각이 듭니다

이 해안에 운수 바위 하나가
딱딱한 지질답사 길에
감초 노릇합니다.

부채 바위

송지호 해안에서 으뜸이다
명당에 터를 잡기도 하였거니와
생김새도 평범치 않다

아이들은 둘리 바위라 부르고
마을에서는 부채 바위라 부르지만
지어미 바위라 불러 주면 표정이 살아났다

쪽 찐 머리 단정히 올리고
눈길은 바다 끝 닿는 아낙네

아주 가끔은 세상의 아들들
하소연도 들어주는구나!
바람으로 씻고 또 씻어 내도
날이 갈수록 또렷해지는
지어미 얼굴로 살아갑니다.

송지호 해안 가운데의 부채 바위

해태 바위

해태라 이름 지어 놓고
자꾸 올려다보니
진짜 해태가 되어 내려다보았다

이렇게 많은 바위 속에
옳고 그름을 가려줄 지혜 하나 있으라고
조금은 은근한 곳에 앉혀 놓았다

이리 닳고 저리 닳아서
둥글둥글해진 얼굴
오가는 사람들을 편하게 대한다

한 번도 내려온 적 없이
웃음 하나로 세상을 가르치고 있다.

부채 바위 남쪽 암석 사이에 있다.